AF343637

MÉLANGES POÉTIQUES,

OU SECOND OUVRAGE

DE FRANÇOIS-JOSEPH BOSQUET,

DE LA COMMUNE DE LIVRY.

VIRE,

IMPRIMERIE DE BARBOT, FILS,

1832.

Comme je me suis réservé la propriété de ces vers, chaque exemplaire, à la fin, sera revêtu de mon nom, par la main d'un de mes amis, afin d'opposer à la fraude.

Comme je me suis réservé la propriété de ces vers, chaque exemplaire, à la fin, sera revêtu de mon nom, par la main d'un de mes amis, afin d'opposer à la fraude.

MÉLANGES POÉTIQUES.

LES

DISGRACES DE L'AUTEUR.

JE reprends encore ma lyre,
Malgré mon incapacité;
Malgré tout ce que peut me dire
Mon oncle par elle irrité.
Le faisant, de mon infortune
Je vous préviens, mon cher lecteur,
Si ma muse vous importune,
Vous aurez pitié de l'auteur,
Du moins c'est-là ce que j'espère :
Je vais peindre un destin fatal
Qui m'a réduit à la misère.
Livry-fut mon pays natal,

Dès le premier an de ma vie
J'ai subi dans ces mêmes lieux,
Une cruelle maladie ;
Ce qui m'a fait perdre les yeux.
Les témoins de mon infortune,
Touchés de mon funeste sort
Et de ma présence importune,
Ne me désiraient que la mort.
On fait mépris de la personne
Dont on n'attend aucun secours ;
Sinon les Dieux, tout l'abandonne !
Je l'éprouve, hélas, tous les jours.
Cependant les soins de ma mère
Qui seuls appaisaient mes douleurs,
M'ont fait survivre à la lumière,
Mais non sans répandre des pleurs ;
Car, hélas, seul il fallait vivre !
Comme je suis privé des yeux
Je n'étais pas digne de suivre
Ni de paraître en certains lieux ;
Je restais donc à la cuisine
A pleurer sur mon triste sort,
Qui me semblait par cette mine
Bien plus funeste que la mort.
Cependant j'avais une amie,
Qui prenait part à mon malheur,
Elle s'appellait Virginie :
Nom à jamais cher à mon cœur.

Elle était douce et complaisante
Et daignait me donner le bras ;
Que dis-je , elle était bienfaisante ,
Tendre , en un mot pleine d'appas.
Je l'aimais, j'étais aimé d'elle ;
Mais , hélas , l'implacable mort
Me ravit cette aimable belle !
Ah ! jugez de mon triste sort.
Ma douleur était infinie ,
Sur tout quand j'allais dans ces lieux
Autrefois chers à Virginie
Et qui m'étaient si précieux.
Tout m'y rappelait notre enfance ,
L'aimable paix , ces doux momens ,
Que nous procurait l'innocence
Et les plus tendres sentimens.
Mais je n'y trouvais plus ces charmes
Qui longtemps firent mon bonheur ;
Ah ! disais-je en versant des larmes ,
Qui prendra part à mon malheur ?
Qui peut remplacer cette amie
En qui je trouvais tant d'appas ?
Oh ! trop aimable Virginie ,
Que n'ai-je subi le trépas !
Hélas que ne puis-je te suivre ,
Dans ce tombeau silencieux ,
Où tu trouves , en cessant de vivre ,
Un repos doux et précieux.

Je ne craindrais plus ces orages,
Qui sans cesse fondent sur moi ;
Je trouverais mille avantages
A reposer auprès de toi.
Mais, hélas ! que dis-je ma cendre
Est indigne de ton tombeau ;
Non, non, je ne dois plus prétendre
A ce rassemblement nouveau.
Pauvre malheureux, me disais-je,
Il ne tereste plus d'espoir :
Mais, hélas ! vous retracerai-je
Ce qui ne peut se concevoir ;
Non, je connais trop bien le monde,
Pour oser montrer à ses yeux
Une douleur aussi profonde,
Comme j'éprouvais dans ces lieux.
On doute de ma destinée
Quand on a point eu de malheur ;
C'est la personne infortunée
Qui peut juger de ma douleur.
Plongé dans la mélancolie
J'ai passé tous mes plus beaux jours,
En pleurant une aimable amie,
Que j'aurais dû pleurer toujours ;
Cependant la nuit de doux songes
Me la retraçaient en tous lieux.
Ah ! combien ces tendres mensonges
A mon cœur étaient précieux,

J'embrassais l'objet que j'adore ;
Je passais les plus doux moments :
Hélas ! Dieux, que ne puis-je encore
Eprouver ces ravissements,
Je serais heureux ; tant de charmes
Me feraient oublier ces maux,
Qui me font répandre des larmes
Triste fruit de tous mes travaux.
J'étais heureux, mais mon supplice,
Accéléré par les plaisirs,
Venait m'arracher d'un délice
Qui remplissait tous mes désirs ;
Je m'éveillais rempli d'ivresse,
Mais, hélas ! je ne trouvais plus
Cet objet cher à ma tendresse,
En qui brillaient tant de vertus.
Je baignais mon lit de mes larmes,
En poussant des cris douloureux,
C'est-là la ressource et les charmes
Que peut trouver un malheureux.
Hélas ! tu le sais, chère amie,
Si nous pensons après la mort,
Tu sais combien, pendant ma vie
J'ai pleuré sur ton triste sort ;
J'essayai de prendre ma lyre,
Afin d'enchanter ma douleur.
Il n'est rien plus doux que d'écrire
Sur un objet cher à son cœur ;

On se retrace son image ,
Elle semblé se ranimer,
On se procure un avantage
Que je ne puis vous exprimer.
C'est ce qui m'inspira la rime ,
Je fis un grand nombre de vers :
Masson , de mes amis l'intime ,
Les trouva tous faits de travers ;
Il me parla de la mesure ,
Qui doit s'observer en français,
De la rime et de la césure
Et des règles que j'ignorais ;
Il ajouta que pour écrire
Il fallait être bien savant ,
Et qu'il fallait apprendre à lire
A tout le moins auparavant.
Cela ne m'était point d'usage ,
Puisque je suis privé des yeux ;
Mais cependant j'eus l'avantage
D'avoir un bon maître en ces lieux ;
Il m'enseigna de la grammaire
Et s'y prit de tant de façons ,
Que je ne puis assez vous faire
Les éloges de ses leçons ;
Mais n'ayant plus moyen d'en prendre ,
Un jour il me vint à l'esprit
De faire imprimer et de vendre
Au plutôt mon premier écrit.

Je l'ai fait , c'étaient des maximes ;
Je trouvais fort peu d'acheteurs.
Chacun pla-anta de mes rimes
En insultant à mes malheurs ,
Voilà ma vie , ô destinée !
Tu m'as bien fait voir en ces lieux
Que la personne infortunée ,
N'a point d'autre appui que les Dieux.
Oui , vous êtes mon espérance ,
O Dieux ! ô maîtres des esprits !
Je mets en vous ma confiance ,
Daignez protéger mes écrits.
O Virginie ! ô chère amante ,
Objet de mes premiers amours !
O ! toi, dont le doux nom m'enchante
O ! toi, que j'aimerai toujours ,
O ! toi, qui m'as dicté ces pages,
Toi , dont je respecte la loi :
Daigne protéger mes ouvrages ,
Sans cesse ils parleront de toi.
Si je compose une élégie
Tu seras l'objet de mes pleurs ,
C'est le deux nom de Virginie .
Qui ranimera mes douleurs.
Si d'une demoiselle aimable
Je veux dépeindre les attraits ,
Afin de la peindre agréable ,
Je lui supposerais tes traits.

Quand je compose des maximes
C'est pour inspirer tes vertus ;
Enfin, toi seule est de mes rimes
L'objet, sous des noms inconnus,
Hélas ! tu n'est plus chère amie,
La parque a terminé ton sort;
Mais quoique tu n'aies plus de vie,
Je t'aimerai jusqu'à la mort.
Daigne me r'apparaître en songe,
Sur tout quand j'aurai des malheurs,
Hélas ! fa isle ; ces doux mensonges,
Seuls appaiseront mes douleurs.
O ! vous, qui daignerez me lire,
Puissent dans la suite les Dieux,
Vous faîre aux accents de ma lyre,
Trouver le bonheur en tous lieux ;
En vous faisant dans l'infortune
Contempler ce funeste sort,
Qui dans tous les temps m'importune;
Qui m'a fait désirer la mort.

SONNET.

C'EST UN AMANT QUI PARLE A SON AMANTE.

De la nuit l'aimable silence
Rappèle à mes sens éperdus ,
Un heureux temps , mais qui n'est plus ,
Ou je fléchis votre inclémence,
C'est cette douce souvenance ,
A qui tous mes plaisirs sont dus.
Ai-je des maux inattendus ?
Pour les calmer, à vous je pense ;
Mais, hélas ! quoi ! votre courroux,
Veut me ravir un bien si doux.
Ah ! daignez au moins chère amie ,
Malgré ces terribles revers
Qui font que le monde m'oublie ,
D'un regard honorer ces vers.

OCTAVE.

MÊME SUJET.

O ! Romanie, ô ! chère amante,
Oublierez-vous ces doux momens ?
Ou de mon âme languissante ,
Je vous retraçai les tourmens.

Serez-vous toujours inflexible ?
Ne puis-je plus rien espérer ?
Non, non, votre âme est insensible ;
Que ne puis-je m'en séparer.

AUTRE OCTAVE.

Je vous aimais charmante belle
Et croyais vous aimer toujours.
Mais de mon âme trop fidelle,
Je viens d'arracher ces amours,
Je me ris de l'amant sincère,
Autant que de l'amant glacé.
Le dessein que j'eus de vous plaire
Est grâce aux Dieux bien effacé.

FABLE.

Un amant que sa fausse amie
Avait réduit au désespoir,
Était près de perdre la vie,
Quand il relut, dans son boudoir,
La mort d'une amante fidelle,
Qui mourant faisait ses adieux

A son amant tombé près d'elle,
Il ne se crut plus malheureux.

Ainsi chérissons la lecture
Quand nous sommes dans le malheur ;
Le recit d'une autre aventure
Semble effacer notre douleur.

SUR LES ÉVÉNEMENS

DE PARIS.

Je vais vous chanter la victoire
De tous ces héros Parisiens,
Qui tenant la foudre en leurs mains,
Ont éternisé leur mémoire.
Je vous implore, ô, justes Dieux !
Quoique je sois privé des yeux,
J'attends tout de ma confiance.
O, vous qui protégez la France,
Retracez-moi la vérité,
Concernant ces braves athlètes
Qui nous rendant la liberté,
Nous ont garanti des échelètes ;
Qui sur un torrent de soldats,
Sans l'expérience des combats

Ont su remporter la victoire :
La plus belle de notre histoire.
O ! vous qui charmez mon esprit,
Vérité, que mon cœur adore ;
Malgré que plus d'un vous abhorre,
Venez régner en cet écrit.
Et vous raison dont les maximes
Ne sont jamais illégitimes,
Peignez-moi ces audacieux,
Qui sont les ennemis des Dieux,
Et qui nous prêchent l'Evangile
Afin d'accumuler les biens
D'une nation trop fragile,
Qui seconde tous leurs desseins.
Gardons-nous de celler des traitres,
Qui se parant du nom de prêtres,
Portent le trouble en nos états,
Qui floriraient sans ces ingrats,
Il en est de bons que ma lyre
Se gardera bien d'insulter ;
Mais je puis sans démériter,
Combattre le vice et médire,
Sans craindre ces audacieux
Qui se croient maîtres des cieux,
Sous le voile de la prudence,
Disons ce que le sage pense ;
En tout temps plus d'un imposteur,
Pour entretenir ses délices,

A fait de son Dieu créateur,
Un Dieu tout rempli de caprices ;
Qui dès qu'il eut fait l'univers,
Précipita dans les enfers,
Au sein des plus rudes tortures,
De ses plus nobles créatures,
Qui vinrent du sein des tourmens
Pour enchanter le premier père,
D'un fruit qui fait notre misère.
Si nous en croyons ces tyrans,
Bornant de leur Dieu la puissance,
Ils en font un Dieu de vengeance,
Qui par un supplice éternel
Se vengera d'un criminel,
Qui n'aura pas de la nature
Etouffé les aimables lois ;
Ou qui qui de la sainte écriture
Osera douter une fois.
Mais sans retracer la sottise
De certains membres de l'église,
Concluons, Dieu sait l'avenir,
N'aurait-il pas dû prévenir
D'Adam la déplorable audace,
Qui, dit-on, nous cause la mort,
Et qui prépare un triste sort
Au plus innocent de sa race.
Mais je vais quitter ces furieux,
Qui sont abandonnés des Dieux.

Il me suffit ici de dire,
Que par un funeste délire,
L'ex-roi défendit d'imprimer ;
Afin que bientôt l'ignorance
Sans contredit laissât dîmer
Des traîtres qui troublent la France.
Déjà tous ces fameux tyrans
Croyaient triompher des savans
Qui nous font connaître leurs crimes
Et qui plaisantent leurs maximes ;
Mais le peuple inspiré des Dieux,
Dans l'intérêt de lá patrie
S'attroupe : la gendarmerie
Fait briller le sabre à ses yeux ;
Il résiste, elle en fait usage :
Le plus déplorable carnage
Se manifeste dans Paris,
Sans décourager les esprits.
Cependant le peuple est sans armes,
Il est seul atteint du trépas,
Les impitoyables gendarmes
Sont secondés par les soldats.
Mais nos héros lancent des pierres,
Qui par leur chûte meurtrière,
Rendent victimes de la mort.
L'ennemi honteux de son sort,
Quand ce vient le soir on commence
A barricader tous les lieux,

Qui semblent les plus dangereux.
On se prépare à la défense,
La nuit suffit à ces travaux ;
Le lendemain les mêmes maux
Se manifestent dès l'aurore ;
Bientôt le drapeau tricolore
Flotte de nouveau dans Paris,
Le peuple à son tour a des armes.
Des soldats les lugubres cris
Prouvent qu'ils sont dans les alarmes ;
C'est un combat de cette fois !
Chacun veut défendre les lois.
Tout frémit, les tocsins qui sonnent,
Les coups de canon qui raisonnent,
Du peuple redouble l'ardeur ;
Mais, cependant dans cette guerre,
Les Dieux regardent sur la terre
Et doutent qui sera vainqueur.
Aussitôt les ombres des braves,
Qui ne voulaient pas être esclaves,
Exhortent tous les justes Dieux,
A prendre les armes pour eux,
Chacun voit que c'est la justice.
Aussitôt le Dieu de l'espoir,
Promet de nous être propice ;
Il descend quand ce vient le soir,
Au peuple il donne l'espérance
Par un effet de sa puissance ;

On barricade de nouveau,
Chacun sans craindre le tombeau
Dès le matin reprend les armes,
Chacun est rempli de valeur.
En tous lieux le Dieu du malheur,
Porte le trouble et les alarmes;
Cependant à l'archevêché
On pénètre, on trouve caché
Des poignards, un baril de poudre;
Le peuple aussi prompt que la foudre,
Jette dans l'eau les ornemens
Grands Dieux ! qui protégez la France,
Délivrez-la de ses tyrans,
Vengeance, se dit-on, vengeance !
A ces mots, le Dieu des combats,
S'arme pour nous, et les soldats
Sont foudroyés de rue en rue;
Ils voient que leur cause est perdue,
Ils demandent grâce au vainqueur,
Qui dans ses mains tenant la foudre,
Aurait pu les réduire en poudre ;
On les reçoit tous de bon cœur.
Enfin la victoire est complète,
Chacun rentre dans sa retraite ;
Mais qui pourra peindre à vos yeux,
Le trouble et les cris douloureux
Des tristes victimes des armes.
L'amante pleure un cher amant,

La mère d'un torrent de larmes,
Baigne un fils mort en combattant ;
L'amant recherche son amante ;
Que dis-je, il la trouve expirante !
Il la serre envain dans ses bras,
Elle ne le reconnait pas.
Déjà son ombre fugitive,
A traversé les sombres lieux,
En vain il la demande aux Dieux ;
D'une voix mourante et plaintive,
Envain il appelle la mort,
Elle est insensible à son sort.
L'épouse baigne de ses larmes,
Un époux qui faisait les charmes
Et les délices de ses jours ;
Mais, hélas ! bientôt sa chère ombre,
Va disparaître pour toujours
Et se cacher dans la nuit sombre ;
Elle voudrait la suivre envain :
On ne peut changer le destin.
L'orphelin recherche sa mère,
En vain il demande son père ;
Ils sont tous atteints du trépas.
Mauvais prêtres, c'est votre ouvrage,
Vous seuls enfantez le carnage,
Maintenant nous n'en doutons pas.
Mais de Paris dans les alarmes,
La liberté sèche les larmes ;

Chacun ivre de ses exploits,
Sait qu'il a défendu ses droits.
Français, la France à jamais fière
De tous ces braves combattans,
N'oubliera jamais cette guerre,
Vos succès sont trop éclatans.
Ah! que ne puis-je sur ma lyre,
Chanter ces héros que j'admire,
Mais, non, victime du malheur,
Je n'ai point connu la valeur
Et ma muse est trop ignorante,
Pour oser chanter à la fois
Et ces héros, et ces exploits!
Il faut une muse savante.
O! vous qui reçûtes des Dieux,
Les talens, la force des yeux,
Bérenger, chantez l'espérance,
L'honneur et l'appui de la France!

ÉPIGRAMMES.

1. — *Au sujet d'un Medecin qui se dit connaître tous les mots du Dictionnaire de M. de Wailly.*

Il dit qu'il connaît tous les mots
Contenus dans ce dictionnaire ;
Mais qui le croit? Ce sont les sots,
Car il n'a point vu sanitaire.

2. — *Aux Prêtres.*

De Colnet l'implacable audace,
Peut bien ranimer votre espoir :
Mais cependant rien ne remplace
Les droits que vouliez avoir.

3.

Maudite révolution,
Se disait un prêtre en colère,

Tu détruis la religion ,
Il me faudra vendre ma chaire ;
En vain je sermonne en grands mots ,
En vain je prêche la sagesse ,
Je ne suis aimé que des sots ;
Il faudra quitter la molesse.

4. — *Aux incendiés.*

Quand vous craindrez les incendiaires
Qui vous ont déjà désolés ,
Sauvez-vous dans les presbytères ,
On ne les a jamais brûlés.

CHANSON

Sur l'Air : *Fleuve de Tage.*

Dans le silence
Sous un tas d'oppresseurs ,
Longtemps la France
Regretta ses couleurs ;
Paris sut nous les rendre ,   (*bis.*)
Il nous faut les défendre.
Vive à jamais
Qui se montre Français !

En vain des prêtres
Défendront d'imprimer,
En vain ces traîtres
Chercheront à dîmer.
De Paris les athlètes   (*bis.*)
Ont brisé les échelettes.
Vive à jamais
Qui se montre Français !

Dieux de la France,
Terrassez les bourreaux ;
Que la vaillance
Enfante des héros !
Justes Dieux que j'implore,   (*bis.*)
Au drapeau tricolore,
Chez les Français
Donnez tous les succès.

ÉPITRE

D'AGLAT A SON AMI.

Cher Audat vous avez des peines,
Vous êtes dupe de l'amour,
Mais afin de briser vos chaînes,
Je vais vous écrire à mon tour.
Jettant les yeux sur ma disgrâce,
Vous appaiserez vos douleurs ;
D'autant plus que je vous surpasse,
Dans la carrière des malheurs.
Dès le berceau, près d'Oravie,
Je goûtai les plus doux plaisirs ;
Mon sort était digne d'envie,
J'étais l'objet de ses désirs :
Elle seule avait sû me plaire ;
On nous défendit de nous voir.
Hélas ! jugez de ma misère
Et de mon juste désespoir.
Je reçus de ma chère amante,
Un écrit contenant ces mots :
« Cher Aglat, je suis languissante,
» Il n'est plus pour moi de repos ;

» On veut par un triste hyménée
» Que je renonce à notre amour ;
» Mais je préfère être exilée,
» Et je vais l'être dès ce jour.
» J'ignore où je serai bannie,
» Mais il m'importe peu des lieux ;
» Je sais votre amour infinie
» Et mon espoir est dans les Dieux,
» Je sais que la faible innocence,
» Tôt ou tard a des défenseurs ;
» Adieu, que la persévérence
» Un jour unisse nos deux cœurs. »
Hélas ! jugez de mes alarmes
Quand je lus ce fatal écrit ;
Je le trempai tout de mes larmes,
J'aurais voulu rendre l'esprit.
Je la pleurai près d'une année,
Sans d'autres témoins que les Dieux ;
Et puis bravant la destinée,
Je fus la chercher en tous lieux.
Je m'en allai pour cette affaire,
Et voyageai près de sept jours.
Je me trouvai dans une terre
Qui me rappellait nos amours ;
C'était une vaste prairie,
Je m'y promenais un beau soir,
Rêvant cette amante chérie,
Que je ne croyais plus revoir.

Hélas ! me disais-je , peut-être
Un autre a su plaire à ses yeux,
Disant ces mots , je vis paraître
Une demoiselle en ces lieux.
Je crus que c'était mon amante ,
Une autre la suivait de près ,
Et bientôt de sa voix charmante
Je reconnus tous les attraits ;
J'entendis ma chère Oravie
Parler de nos tristes amours :
Mais , hélas ! de toute ma vie
Ce fut le plus triste des jours.
Je m'empressai d'aller vers elle ,
Mais une lionne , ô ! douleur ,
Dévora cette aimable belle
Et mit le comble à mon malheur.
J'arrivai donc à mon amante ,
D'où le sang coulait à grands flots ;
D'une voix triste et chancelante ,
Elle me dit ces derniers mots :
« Cher Aglat , c'est fait de ma vie ,
» Je vais rendre l'âme en ces lieux ;
» De la malheureuse Oravie
» Recevez les tristes adieux. »
Hélas ! elle cessa de vivre ;
Sossoire arrêta mon trépas.
Cet homme me dit de le suivre ,
Enfin , je marchai sur ses pas ;

Je lui racontai ma disgrace,
Il eut pitié de mes douleurs ;
J'aimai, me dit-il, Amirace
Et j'eus de semblables malheurs,
Un loup dans la même prairie,
Vint la dévorer à mes yeux ;
Pleurant cette amante chérie,
Je reconnus l'ordre des Dieux,
Qui vengeaient une aimable belle
Dont j'avais causé le trépas,
Lui jurant d'être amant fidelle
Et la laissant dans l'embarras.
Les Dieux qui règlent toutes choses,
Qui pénètrent dans les secrets,
Ne font rien sans de justes causes :
Il faut adorer leurs decrets.
Consolez-vous ; si d'Oravie
Ils ont fait terminer les jours,
Songez que dans une autre vie
Vous serez unis pour toujours.
Cet ami me tint lieu de père,
Et son esprit conciliateur
M'a fait trouver dans ma misère,
Un inaltérable bonheur.
C'est ce vallon rempli de charmes
Qui fut le témoin de nos jeux ;
Afin de calmer mes alarmes,
Je m'en revins donc en ces lieux,

Ainsi d'une voix languissante,
J'y chanterai jusqu'à la mort ,
Mes malheurs et ma chère amante ,
Qui fait le charme de mon sort.
Cher Audat , contemplez mes peines ;
Entrez dans ma juste douleur
Par-là vous briserez vos chaines ,
Et trouverez le vrai bonheur !

ÉPITRE

A M. A. R.,

IB PLUS GÉNÉREUX DE MES SOUSCRIPTEURS.

Quoi, Monsieur, vous daignez me donner des suffrages,
Et me payer vingt fois le prix de mes ouvrages,
Sans permettre à celui qui ressent vos bontés,
De chanter une fois vos noms, vos qualités.
J'y souscris, car enfin je craindrais que mes rimes,
Ne ternissent l'éclat de vos vertus sublimes ;
Mais vous me permettrez d'apprendre à mon lecteur,
Que, malgré mes défauts, je trouve un protecteur
Qui ne dédaigne pas, malgré son éloquence,
Son esprit, sa grandeur et sa vaste science,
De se montrer l'ami d'un être malheureux,
Qui ne mérite point cet ami généreux,
Qui daigne partager son affreuse disgrace.
Hélas ! si je pouvais dire ce qui se passe,
Que ne ne dirais-je pas concernant vos bontés,
Votre esprit, en un mot, mille autres qualités,

Mais je n'en dirai rien , j'aurais trop à décrire ,
O ! vous qui ne vous dédaignez pas de me lire ,
Et qui plus est daignez être mon protecteur ,
Je veux être à jamais votre humble serviteur.

VERS

AU SUJET D'UN EX-MAIRE.

Monsieur , c'est bien trop loin pousser votre colère ,
Puisque cela ne peut pas vous remettre maire ;
Vous en voulez , sans doute , à ma sincérité ,
Mais cependant je ne dis que la vérité.
J'ai dit que vous aviez fait plus d'une injustice ,
Je le repète encore et ce n'est pas un vice ;
Chacun peut le prouver par la répartition ,
Où vous payiez trois fois moins pour votre maison
Que vous n'auriez dû faire ; en homme raisonnable ,
Je n'ai rien dit de trop , le fait est véritable.
J'ai dit que vous avez fait un beau logement ,
Que les cailloux n'étaient pas chers en ce moment :
Il est vrai , car enfin c'est de la bonne pierre ,
Il faut prendre le tout d'une belle manière.

J'ai dit que vous n'aviez pas droit d'être électeur,
J'aurais pu vous traiter même d'usurpateur,
Puisque sans aucun droit d'être élu ni d'élire,
Sur la liste on vous vit vous même vous inscrire.
Enfin, j'ai dit de plus que votre désespoir
A l'homme raisonnable, au moins fait entrevoir,
Qu'il faut que votre place ait fait votre fortune,
Pour vouloir y rester malgré votre commune.
Oui, Monsieur, l'intérêt dirige tous vos pas,
Je l'ai dit très-souvent et ne m'en dédis pas ;
C'est lui qui sur vos droits sut vous faire méprendre,
Peut être il vous fera guillotiner ou pendre !
Quittez, en attendant, le titre d'électeur,
Pour un qui vous convient ; c'est celui d'imposteur,
Et remplacez ce nom autrefois doux de maire,
Par celui d'amateur et de marchand de pierre.
Pardonnez désormais à ma sincérité,
Oubliez en un mot votre ex-autorité.

EPIGRAMME SUR LE MÊME SUJET

Le méchant, tôt ou tard, est enfin confondu,
Vous en donnez la preuve en perdant votre place,
Car si de votre rang vous êtes descendu,
Il faut en attribuer la cause à votre audace.